RÉPONSE

D'UN

ESPAGNOL NATURALISÉ FRANÇAIS,

A M. J. FIÉVEE.

DE L'IMPRIMERIE DE DAVID,

RUE DU BOT-DE-FER, Nº 14, (F. S.-G.)

RÉPONSE

D'UN

ESPAGNOL NATURALISÉ FRANÇAIS,

A M. J. FIÉVÉE.

PARIS,

Chèz M. BOUVERET, au Salon Littéraire, Palais-
Royal, galerie de bois, n° 264;
Et chez tous les Libraires tenant les Nouveautés.

1823

RÉPONSE

D'UN

ESPAGNOL, NATURALISÉ FRANÇAIS,

A M. J. FIÉVÉE.

J'AI lu, Monsieur, avec autant d'empresse-
ment que de surprise, la brochure que vous
venez de publier *sur l'Espagne*, et je vous
confesse que, si je ne vous avais pas supposé
du nombre des *exaltados* de la monarchie;
j'étais encore plus éloigné de vous chercher,
et de vous rencontrer parmi les *descamisados*.

L'hérésie, M^r., déplait en général aux Espagnols, mais l'apostasie les révolte, et sans vouloir vous opposer à vous-même *page à page*,
phrase à phrase, *ligne à ligne*, ce qui occupe
en ce moment une plume plus exercée et surtout plus patiente que la mienne, il me suffira
de vous prouver que vous n'êtes ni conséquent

4

dans votre nouvelle doctrine, ni juste dans vos raisonnemens; c'est la suite inévitable des systèmes qu'on adopte hors sa conscience, ou *peut-être* aussi dans le désir d'attaquer une célébrité collossale si noblement acquise. Mais, M^r, ne vous *abusez* pas, c'est un pygmée qui attaque un géant.

Un journal, par fois malin, disait naguères que votre silence avait été *cher* au parti qui vous y avait invité; mais si ce silence était pour vous une affaire de calcul, une règle d'arithmétique, il est tout naturel que vous repreniez votre émancipation si vous y trouvez plus d'intérêt ou plus de gloire; mais je ne croirai jamais que ce soit se placer du *côté des opprimés*, que de passer dans le camp ennemi. Plus bas, je remarque, M^r, qu'il règne dans vos écrits en général une prescience de l'impression qu'ils vont produire, et surtout de l'éclat qu'ils doivent jeter sur votre personne. Mais aujourd'hui, vous vous êtes étrangement trompé dans cette appréciation si prophétique. Et en effet, on a observé que les journaux les plus accrédités du parti que vous avez déserté, n'ont pas même annoncé votre *brochure*; mais comme votre amour-propre

·est habile à se créer des jouissances, vous en conclurez peut-être qu'ils ont reculé devant la force de vos raisonnemens, ou qu'ils ont redouté la puissance de votre talent. Non, M^r, quand M. de Vendôme entra en Espagne, lors de la guerre de successions, on disait : c'est un homme de plus; mais nous autres royalistes avons assez d'amis fidèles pour nous consoler de la perte d'un transfuge, c'est un homme de moins.

Mais, M^r, vous annoncez dans *l'avertissement* qui précède votre manifeste, qu'à toutes les époques vous auriez pu rentrer, si vous l'eussiez voulu, dans l'activité des affaires. Si cette faculté vous était accordée, ne donnez-vous pas vous-même la mesure de l'opinion, que les ministres qui se sont si rapidement succédés depuis la restauration, avaient de la *solidité* de vos principes? et pourrait-on vous demander quel eût été le poste éminent, ou modeste, auquel vous auriez sacrifié votre indépendance? car dès qu'on a le choix, il paraît par trop bizarre de se faire libéral *à la suite* : pourquoi, en effet, ne pas monter droit au Capitole?

Mais *poursuivons*, et voyons si cette versatilité dans vos doctrines n'est pas un désir immodéré de faire parler de vous , d'occuper les salons ; *(car vous ne tenez pas aux boudoirs,)* et enfin de vous offrir comme médiateur entre les partis contraires. C'est un beau rôle , M^r, que celui de conciliateur ; mais il est rare qu'un transfuge retire de sa félonie assez d'estime ou assez d'importance, pour qu'il puisse inspirer quelque confiance au parti même qu'il vient d'adopter. Les libéraux, M^r, vous feront faire quarantaine, avant de vous faire entrer dans leurs rangs ; et ils n'accepteront votre succession que sous bénéfice d'inventaire, c'est la condition des héritages suspects. Déjà même on assure que vos nouveaux amis ont refusé votre signature au bas d'articles que vous avez envoyés à leurs journaux ; mais un néophite reçoit avec humilité jusqu'aux outrages : c'est le temps des épreuves. Même il se répand que, désespéré de ce que plusieurs journaux ne voulaient pas annoncer votre pamphlet, malgré vos instances réitérées , vous leur avez proposé d'imprimer des articles, où vous attaquiez votre propre ouvrage , tant leur silencieux dédain vous paraissait plus dur, plus injurieux qu'une critique amère ou passionnée !

Vous dites, M^r, que la France feint de

se croire menacée des dangers d'une contagion morale, pour déclarer une guerre té-
méraire à une nation qui veut se donner des
lois en harmonie avec l'esprit du siècle ; mais,
M^r, l'anarchie, la guerre civile, la captivité du
Roi d'Espagne, ne sont-ils donc pas des motifs suffisans, *sans parler des intérêts de famille*, pour provoquer son intervention, et
éloigner de ses frontières les dangers qui menacent la sûreté de la France, en allant combattre les incendiaires dans le foyer même de
l'incendie, et les rebelles dans le sein de l'insurrection.

Voulant ensuite donner à votre accusation l'apparence d'une conviction acquise,
vous insinuez que le Roi d'Espagne, à son
retour dans ses États, avait eu le pouvoir
de faire rentrer dans *l'obscurité* quelques
articles de la Constitution ; mais, M^r, si elle
était un pacte fondamental, un acte émané
du peuple souverain, comment Ferdinand
aurait-il pu le modifier au gré de sa puissance
ou de sa volonté ? Je pense, au contraire, M^r,
que, dès que cette constitution avait été faite
sans lui, n'avait été ni sanctionnée par lui,
ni proclamée par ses ordres, elle se trouvait

détruite de fait et de droit, et que la présence du Roi en prononçait *dè plano* l'annihilation.

Mais en exhumant ce monument de l'extravagance de quelques innovateurs ambitieux, vous ne dites pas que cette Constitution, faite hors la présence du souverain légitime, n'a reparu dans les Espagnes, qu'à la suite d'orgies infâmes; qu'elle n'a été proclamée dans l'île de Léon, que par une poignée de soldats égarés, que par des officiers parjures à leurs sermens, qui ont eu l'audace de l'imposer à mains armées à leur Roi, en violant son palais, en menaçant sa personne, en insultant sa famille, et en se portant à tous les excès.

Non, Monsieur, non, une soldatesque mutinée, des généraux perfides, ne peuvent imposer des lois, improviser des institutions et leur donner la stabilité qui en assure et commande le respect; l'audace et le parjure ne peuvent rien légitimer; et des institutions politiques ne peuvent être durables ou légales, que lorsqu'elles émanent du souverain, dans les monarchies, ou du peuple, dans les républiques.

S'il en était autrement, tous les trônes, toutes les souverainetés s'écrouleraient devant un régiment égaré par ses chefs ; et ce que cette cohorte en délire aurait voulu aujourd'hui , cette même cohorte ou touté autre pourrait le désavouer le lendemain : et c'était dans cette pensée, que les légions romaines ne pouvaient passer le Rubicon, ayant à leur tête leurs généraux victorieux.

Vous citez , M^r, *la Suisse* et *la Hollande* ; mais puisque vous ouvrez l'histoire , il faut remonter des effets aux causes , des conséquences aux principes ; il faut reconnaître qu'aux traités de Munster et de Westphalie , toutes les puissances sont intervenues , que tous les intérêts y furent représentés ; c'était une Diéte européenne , où furent pesés tous les droits , où la liberté des cultes fut admise et reconnue, après 130 ans de dissentions, de troubles et de combats.

La Suède , gouvernée alors par Gustave-Adolphe , et la France, par le cardinal de Richelieu , intervinrent dans cette lutte : et demanderez-vous à ces deux puissances en vertu de quels droits ? Elles étaient unies en apparence, par un intérêt commun, *l'abaissement de la maison d'Autriche*, et la paix des consciences ; mais les intérêts de ces puissances in-

tervenantes, différaient essentiellement, puisque l'une s'était séparée de Rome, et que l'autre
lui restait fidèle.

Alors, Mr, comme aujourd'hui les troubles
qui agitaient l'Allemagne, la Suisse, et les
Pays-Bas, menaçaient de réagir sur les États
voisins. Louis xiv n'avait pas conquis l'Alsace,
la Lorraine n'était pas française; et si la France
eût voulu rester étrangère aux dissensions qui
troublaient le centre de l'Europe, et dont le
schisme de *Luther* avait été la cause première,
elle aurait été non-seulement menacée et inquiétée, mais entraînée; et son intervention
eut le double avantage de prévenir ces dangers, et de pacifier l'Europe.

La France est aujourd'hui, à l'égard de l'Espagne, dans une situation absolument sem-
blable.

Ce ne sont pas, à la vérité, les dogmes de
Luther qui troublent l'Espagne; mais ceux du
carbonarisme, qui, non-seulement l'infestent,
mais qui menacent la France et l'Europe. Il y
a non-seulement parité de périls, mais immi-
nence. La guerre civile est allumée en Espagne,
et la France est inquiétée et menacée des effets
de cette contagion. Son territoire a même été

violé, et des bandes espagnoles ont porté la férocité jusqu'à égorger, dans des hôpitaux, des blessés, leurs concitoyens ; et vous penseriez, M^r, que la France et son Roi dussent rester insensibles à ces calamités ? et que, pour faire cesser les désordres qui menacent tout l'ordre social, la France ne forçât point à la paix cette malheureuse nation, et qu'elle ne fît pas tous ses efforts pour briser les fers de Ferdinand, quand il est notoire qu'il est prisonnier dans son palais ; quand sa personne et sa famille sont outragées et insultées ; quand un prince de son sang a été condamné à une peine infamante, quand la religion est persécutée, ses ministres égorgés, les autels profanés, les temples spoliés, toutes les classes élevées de la société réduites à fuir, pour n'être pas immolées aux fureurs de la démagogie ? quand tous les liens sociaux sont rompus, les relations commerciales suspendues ou brisées, des impôts arbitraires levés à force ouverte ? et vous voudriez, M^r, que la France restât immobile au milieu de ces désordres ; qu'elle fût témoin passif des troubles, des agitations qui menacent ses frontières, et qu'au lieu d'aller au-devant de ces fléaux, pour les conjurer, la France souffrît que plusieurs de ses provinces fussent exposées à de nouvelles insultes, ou plongées dans les abîmes d'une révolution nouvelle ; vous voudriez, enfin, qu'elle hésitât à opposer la force à la violence, le droit à l'usurpation, et ses troupes réglées à des guérillas indisciplinés, qui promènent audacieusement le pillage, le meurtre, et l'incendie ? Vous ne le pensez pas, M^r; ceux qui s'apitoyent avec une bienveillance si touchante sur l'Espagne (dont la France, disent ils, a menacé la liberté par des notes diplomatiques ; dont elle a attaqué les droits par des manifestes, dont elle viole l'indépendance par des hostilités), ont-ils donc oublié que, dans les premiers temps de la révolution française, l'Espagne soulevait toutes les puissances contre la France ?

Ont-ils oublié qu'en 1792, son ambassadeur, M. Ocaritz, proposait l'intervention de l'Espagne pour rétablir la paix ? ont-ils oublié que l'Espagne se coalisa bientôt après avec les autres puissances pour rétablir la monarchie française, telle qu'elle était avant 1789 ?

Enfin, l'Espagne, le 23 mars de l'année suivante, n'a-t-elle pas fait une déclaration de guerre à la France, conçue en ces termes :

« Nous avions l'espérance de faire prendre
» aux Français un parti raisonnable, et de
» procurer la liberté a leur Roi détenu dans
» une tour, après avoir été exposé aux insul-
» tes de ses peuples, etc. etc. etc. Et n'ayant pu
» parvenir à ces fins, si conformes aux lois de
» l'humanité,

« NOUS DÉCLARONS LA GUERRE A CETTE NATION
» INDISCIPLINÉE ET LICENCIEUSE, A SES POSSESSIONS,
» ET AUX HABITANS. »

Qu'on oppose aujourd'hui à une déclaration aussi énergique, à des expressions aussi inusitées dans la diplomatie, à des menaces si arrogantes le langage si mesuré de l'ambassadeur de France, le ton inoffensif des notes ministé- rielles, et quel sera, je le demande, l'homme de bonne foi qui pourra adresser au gouver- nement français une reproche mérité?

La France armée entrera en Espagne, non pour la conquérir, mais pour la délivrer de ses propres fureurs, mais pour la protéger contre elle-même.

Vous insinuez, M^r, dans votre manifeste, que la France n'entreprend cette guerre que parce qu'elle a une armée, et qu'elle veut en quelque sorte prouver son émancipation. Si c'est une ironie, M^r, vous n'êtes pas Français, et si c'est une pensée, pourquoi toutes les puissances qui composent la Sainte-Alliance, et qui ont d'innombrables armées, ne les font-elle pas marcher contre les États qui les avoisinent? pourquoi respectent-elles si religieusement les liens qui les unissent, et qui ont servi de motif et de base à cette noble fédération? pourquoi l'Autriche, dont les troupes ont occupé le Piémont, et occupent encore le royaume de Naples, a-t-elle retiré, ou doit-elle retirer ses troupes, aussitôt que le sytème militaire de cette puissance sera complètement organisé?

Direz-vous aussi, M^r, que ces peuples avaient des institutions que le temps avait consacrées? les courriers leur avaient à peine apporté ces *bills* d'insurrection, que les carbonaris les proclamaient et se courbaient devant les messagers, avant même que ces *bills* fussent traduits dans leur langue.

Non, M^r; le Prince auguste qui commande l'armée française ne vient point dicter des lois à l'Espagne; il vient rétablir l'ordre; il vient rendre la liberté à Ferdinand, son ami, son parent, éprouvé comme lui par de longues infortunes, afin qu'il puisse préparer à la Nation espagnole des institutions dignes d'elle et de lui. Mais il faut, M[r], que ces institutions, pour être durables, soient méditées dans le silence des passions, et appropriées à la fois aux mœurs, aux habitudes, au climat, aux opinions religieuses, et à l'état politique de l'Espagne; comme pour être légales, il faut qu'elles émanent de sa puissance, et que toutes les classes de citoyens soient également protégées par leur influence; il faut, M[r], que le souverain ait le droit exclusif de les faire proclamer; et pour atteindre plus promptement ce but désirable, il faut que l'Espagne, au préalable, rejette de son territoire ces hommes qui, n'ayant plus de patrie, n'ont déserté la France et l'Italie, que pour échapper et se soustraire à des condamnations méritées; car il ne faut pas se le dissimuler, ce sont ces transfuges qui, n'ayant plus de famille, n'ayant ni liens, ni propriétés, vont allumer la discorde dans les états voisins, après avoir tenté d'organiser la révolte dans leur patrie; ce sont eux qui viennent dans les pays, où ils ont cherché un refuge, souffler de leurs bouches impures le feu de la guerre civile.

Allez à la *Fontana d'Oro*, entrez au *Club Landaburien*, vous y verrez ces réfugiés répandre et distribuer leurs poisons homicides; lisez leurs feuilles incendiaires, vous les entendrez parler des libertés publiques, de la souveraineté du peuple, et se vanter effrontément des crimes qu'ils ont tentés, des sermens qu'ils ont violés, des séditions qu'ils ont organisées, et ils n'ajoutent pas qu'ils ont lâchement abandonné leurs complices, ou leurs séides, quand ils les ont vus assis sur les bancs du crime, ou condamnés à périr sur les échafauds qu'ils leur avaient dressés, ou préparés de leurs mains criminelles.

En vain direz-vous, Monsieur, que la politique tend au *spiritualisme*, expression sans doute très-spirituelle, mais tellement métaphysique, que je cherche inutilement à la comprendre, à moins que ce ne soit le synonime de *matérialisme*; heureusement ces innovations philosophiques, ces théories irreligieuses, cet athéisme déguisé, n'ont pas encore franchi les Pyrénées; il faut, M^r, aux Espagnols comme à tous les peuples méridionaux, une religion qui parle aux sens, qui ait non-seulement un dogme, sur lequel la morale puisse s'appuyer, mais un culte, qui, en rendant cette religion plus auguste, les attache davantage à ses préceptes.

Vous m'objecterez sans doute que la majorité dans les Cortès veut conserver et maintenir la religion catholique, mais les actions, les décrets, les discussions démentent son langage, car déjà, non-seulement la foi est ébranlée, des livres obscènes et irreligieux sont distribués avec profusion, les prêtres sont emprisonnés, les prélats réduits à s'expatrier; déjà on s'est séparé du chef de l'église, les principaux établissemens religieux sont détruits, les biens de l'église sont affichés, et l'Espagne, qui ne peut ignorer ce que la France a recueilli de l'aliénation des domaines de toutes les origines, qui sait que dix à onze milliards de valeurs mobiliaires et immobiliaires n'ont pas servi en France à élever un monument, à construire un pont, à bâtir une fontaine, adopte avec aveuglement ce système de destruction et de spoliation, se traîne dans les mêmes erreurs, et bientôt se verra, ainsi que la France l'a éprouvé, réduite à une honteuse banqueroute, après avoir hérité de ceux qu'elle avait déshérités de leur vivant, soit par des partages de présuccession, soit par le prin-

cipe de la confusion, expressions moder-
nes qui ont été consacrées par le plus absurde
néologisme.

Telle est, Monsieur, la perspective des biens
et du bonheur que les doctrines, que vous
paraissez professer aujourd'hui, préparent à
la malheureuse Espagne.

Vous dites que Bonaparte avait adopté les
hommes de la révolution, leurs intérêts et leur
gloire; mais ne vous y trompez pas, ce n'était
nullement par affection, c'était uniquement
pour accroître et assurer sa domination. Piche-
gru, Moreau ne furent-ils pas sacrifiés à sa
jalouse ambition? et au moment où il distri-
buait des titres, des cordons, des majorats
avec tant de profusion, ne cherchait-il pas à
s'environner d'une forte aristocratie, dont il
sentait l'utilité pour s'opposer, dans l'intérêt de
son pouvoir, aux efforts de la démocratie? et c'é-
tait indubitablement dans cette vue politique,
qu'il avait créé et institué ce sénat, qui, non
content d'obéir, allait, comme dit Tacite, au
devant même de la servitude; mais, M^r.,
ce même Bonaparte, dont vous nous avez si
souvent révélé les secrets, puisque vous entre-
teniez avec lui une correspondance si active,
loin de contester ou de refuser les distinctions,

les honneurs, les hommages que des siècles de gloire avaient acquis à ces grandes familles, qui, en France comme en Espagne, remontent au berceau des deux monarchies, leur en assurait la conservation ; et en effet , M^r, toutes les supériorités sociales (et il n'en est pas qui excitent moins l'envie que celles qui dérivent d'une longue suite d'ancêtres), toutes les illustrations, et pour me servir de l'expression sublime de M. *de Châteaubriand*, toutes les souverainetés du génie, ne sont-elles pas aussi des propriétés, un bien de famille, un véritable patrimoine, qui supplée celui dont elles ont été dépouillées, ou les console, après tant de désastres.

L'Église aussi , M^r, n'a-t-elle pas produit des hommes justement célèbres, des savans illustres? Et sans vouloir parler des cardinaux d'Ossat, Olivarès, Richelieu et Mazarin, dont la politique a rendu les noms si célèbres, un seul siècle n'a-t-il pas produit Pascal, Bourdaloue, Fléchier, Massillon, Bossuet et Fénélon? et si leurs successeurs ont acquis moins d'éclat, seront-ils exhérédés de toute considération politique, resteront-ils étrangers aux institutions destinées à assurer le bonheur de la génération qui passe, et de celles qui suivront?

Et cependant, Monsieur, dès que la prétendue Constitution des Cortès ne leur assigne aucun rang, aucune place. elle en prononce de fait l'exclusion; car la démocratie, ainsi que les fluides, ne tend qu'au niveau, et vous n'ignorez pas qu'une monarchie sans aristocratie, ne peut subsister; ce sont les degrés qui font la hauteur du trône.

L'Espagne, sans doute, à pu s'aveugler sur les trésors qu'elle recevait du Nouveau-Monde, et personne ne contestera que si les Espagnols, au lieu de s'abandonner au repos, que leur beau climat provoquait et entretenait, eussent employé les produits de leurs mines à féconder leur sol, à encourager l'agriculture, à favoriser les arts, à creuser des canaux, à protéger des manufactures, à établir des usines, ils auraient indubitablement, et avec la main du temps, préparé à ce royaume une prospérité plus solide, et des richesses plus réelles que celles qu'ils retiraient de *la Plata;* mais la France peut-elle se plaindre de cette inertie, de cette apathie? N'est-ce pas elle qui recueillait l'héritage de Christophe Colomb?

Nos piastres, nos lingots ne venaient-ils pas annuellement solder la balance d'un commerce fructueux?

Malheureusement l'Espagne et la France se laissèrent entraîner dans la guerre de l'indépendance des colonies anglaises, dans l'Amérique septentrionale. La France et Louis xvi ont reconnu trop tard leurs fautes, et ont expié trop cruellement les torts de cette fatale entreprise. L'Espagne reçoit aujourd'hui la peine de son entraînement, par l'émancipation de ses plus riches colonies; et comme si toutes les infortunes, toutes les calamités, tous les fléaux devaient fondre à la fois sur ce beau royaume, l'Espagne, après avoir triomphé d'armées innombrables, est, dans l'espace de deux années, exposée aux ravages d'une fièvre jaune, et se trouve à la fois sans argent, sans crédit, sans Roi, sans lois, sans marine, sans armée, et en proie aux horreurs d'une guerre civile, que fomentent des bandits, et que l'intervention d'une armée peut seule faire cesser.

N'en doutez pas, M^r, la France, placée entre la Savoie et l'Espagne, aurait déjà et inévitablement subi elle-même les malheurs d'une seconde révolution, si l'incendie qui menaçait le Piémont n'eût pas été promptement éteint par l'Autriche armée; et ce même incendie frapperait aujourd'hui nos plus belles provinces méridionales, que les deux invasions avaient épargnées, si la France, armée pour les protéger, ne se hâtait d'aller au-devant de la conflagration, dont le foyer principal est en Espagne, et dont les effets pouvaient être si rapides.

Il n'y a, M^r, ni concessions à obtenir, ni capitulation à espérer. Ou la France et l'Espagne périront par les mêmes ennemis, ou elles se sauveront, et l'Europe avec elles, par les mêmes moyens, *la force des armes:* il faut enchaîner les insensés, afin qu'ils ne puissent ni se faire du mal ni en faire.

De toutes les folies humaines, de toutes les contagions, la plus terrible est celle qui rompt les liens sociaux, est celle qui brise les rapports de l'homme avec la divinité, qui met l'anarchie à la place des lois, qui viole les droits du souverain, pour en confier l'exercice à des sujets révoltés, qui récompense la rébellion armée, flétrit le dévouement, et massacre la fidélité, non pas parce qu'elle est un crime, mais parce qu'elle est une vertu. C'est un fleuve qui déborde, et qui entraîne à la fois et les hommes et les institutions.

A entendre les écrivains du parti révolution-
naire, ce sont les royalistes, et pour me servir
de votre expression , ce sont les exaltados
qui veulent bouleverser leur patrie , rétablir
le pouvoir absolu dans la Péninsule, y essayer
une contre-révolution. Eh! quoi, M., ce seraient
ceux qui ont passé une partie de leur vie dans
l'exil, qui ont versé leur sang pour leur roi,
qui ont sacrifié leurs fortunes pour le soutien
de la dynastie légitime; ce sont ceux qui ont
donné à leur roi, à leurs princes, des preuves
si constantes , si multipliées de leur dévouement, qui tourneraient en quelque sorte leurs
armes contre eux, qui voudraient renverser
des institutions créées par leur souverain légitime, rappeler des priviléges perdus sans retour, et restés sans souvenirs.

Quoi! M., le clergé de France pourait penser
à reconquérir ses biens aliénés, et la torche à
la main, il irait allumer une guerre de foyer à
foyer. Non , Mr, ceux qui publient et impri-
ment ces impostures mentent effrontément à
leurs consciences.

Pourriez-vous enfin supposer de bonne foi
que la France voulût rétablir en Espagne l'inquisition?

Qui ne sait que l'esprit de tolérance domine toutes les pensées, et sans vouloir contester à M. *Canning* le mérite d'avoir proclamé, ainsi que vous le répétez avec affectation plusieurs fois dans votre brochure, *la liberté civile et religieuse dans tout l'univers,* hommage que je me plais d'autant plus à lui rendre, que j'en prends acte, parce qu'il devient pour moi un gage, une garantie de l'émancipation prochaine des catholiques en Irlande; car à quoi servirait de proclamer dans *tout l'univers* des principes d'une éternelle justice, si les Irlandais étaient plus long-temps privés de ce bienfait?

L'inquisition, M^r, serait rétablie par des Français sur une terre étrangère! vous les blasphémez; la France n'a jamais connu cette affreuse institution; elle sait que Dieu, pour être honoré, n'a besoin ni de bourreaux ni de victimes, mais elle n'a pas oublié que, dans ce siècle éblouissant de lumières et de pensées philosophiques, qu'au nom de cette philantropie transcendante, la France créa une inquisition politique bien autrement sanguinaire; elle se rappelle qu'il y avait un comité des recherches, des clubs révolutionnaires dans les villes et les bourgs, dans les communes rurales et jusques dans des hameaux; elle se rappelle que, pour occuper les places les plus éminentes, où pour remplir les emplois les plus obscurs, il fallait produire, non pas des billets de confession, mais la preuve des crimes qu'on avait commis. Dans ces temps d'exécrable souvenir on avait, dit La Harpe, inventé l'hypocrisie du crime.

La France, en s'armant pour combattre l'anarchie qui dévore la malheureuse Espagne, agit dans l'intérêt de sa propre conservation, dans celui de sa dignité, et en détrônant les Cortès, elle relèvera l'autorité légitime, elle rétablira la morale publique, et protégera les relations de commerce qui unissent les deux peuples.

Le premier de nos orateurs vous a prouvé, Monsieur, moins encore par sa haute éloquence, que par sa profonde politique, que le droit d'intervention était non-seulement un droit de la nature, mais le droit des nations; c'est-à-dire, le devoir des gouvernemens qui les représentent. Il vous a prouvé que ce droit avait été invoqué et exercé durant notre révolution, par la puissance même sur laquelle l'opposition appuyait ses plus chères espérances; et cette nation, qui naguères était l'objet de ses insultes, de ses sarcasmes les plus amers, est devenue tout-à-coup l'idole du *libéralisme*, c'est le seul peuple qui comprenne la véritable liberté , le seul gouvernement qui la protège, et c'est ainsi que les assemblées délibérantes , surtout quand elles sont en minorité , promettent, au gré de leurs passions déréglées , leurs éloges ou le blâme, prostituent leurs hommages ou l'insulte ; mais l'Angleterre , éclairée sur les menées des *radicaux*, affermie dans ses vieilles institutions, rejette avec dédain ces louanges simulées, ces caresses perfides , elle connaît et ses amis et ses ennemis. Sa situation l'isole des contagions morales et physiques du continent : elle a pour cordon sanitaire les mers qui l'environnent ; et comme elle est bien convaincue que le roi de France ne veut ni conquérir l'Espagne , ni lui imposer des lois, ni blesser son indépendance , mais comprimer seulement les excès et arrêter les fureurs de ceux qui exercent un pouvoir usurpé, elle se repose sur sa sagesse, du soin de rétablir la paix dans cette péninsule ; et loin d'entraver ses déterminations , elle est bien plutôt disposée à les seconder.

Des traités solennels ont fixé les limites des états , mais ces traités n'ont pas eu pour but

d'isoler les peuples , de les priver de ces liaisons, de ces alliances de famille qui en deviennent la suite ; et bien moins encore de leur
ôter les moyens d'échanger leurs productions,
et de former entre eux des rapports de commerce qui sont dans leur intérêt réciproque ;
mais dans ces rapports, il arrive que celle des
deux nations qui souffre le plus des troubles
qui surviennent, des agitations qui menacent
la tranquillité, n'est pas toujours celle qui est
particulièrement sous le poids de ces calamités;
c'est sans contredit, celle qui sans être plus favorisée par les produits de son sol, est cependant la
plus active et la plus laborieuse, et dont l'industrie est plus avancée ou plus perfectionnée. Et
telle est la France à l'égard de l'Espagne.
L'indolence des Espagnols sert l'activité des
Français, bien loin de leur porter préjudice.

Il ne leur faut, dites - vous, M^r, qu'*un
peu de nourriture* et beaucoup de repos.
Mais en leur imposant un régime aussi délicat,
vous prononcez vous-même sur les motifs qui
doivent porter la France à faire cesser les désordres qui rompent entre les deux peuples les
communications qui existaient et qui étaient
si favorables au commerce français

En vain voudriez-vous établir quelque comparaison entre les frontières qui nous séparent des autres peuples nos voisins. La Belgique, la Suisse, les pays au-delà de la Moselle et du Rhin, tous les peuples qui habitent ces contrées limitrophes de la France. rivalisent avec elle, si quelques-unes ne les surpassent, en culture, en perfectionnement, en industrie, en activité, et surtout en économie (*).

Il n'y a plus de Pyrénées, a dit un Roi de France, à qui son siècle et les siècles à venir ne pourront refuser le nom de *Grand*, et c'est surtout en ce qui touche les intérêts commerciaux, que cette pensée élevée trouve particulièrement son application.

Et s'il entrait dans mon sujet de me livrer à l'examen de quelques ouvrages qui ont dû appeler l'attention du gouvernement, comme ils ont obtenu l'estime et les suffrages des hommes éclairés, notre commerce intérieur et extérieur recevrait encore un nouvel accroissement, notre agriculture serait plus encouragée, ses produits augmenteraient de valeur et de quantité; mais comment espérer tous

(*) M. le vicomte d'Harcourt. — *Réflexions sur l'état agricole et commercial.*

M. le comte de Vaublanc. — *Sur le commerce intérieur et extérieur.*

ces bienfaits, quand les ministres sont sans cesse agités, tourmentés par les intérêts de leur propre conservation; quand ils ont à lutter contre leurs ennemis et à se défendre contre leurs amis? Il me paraît impossible qu'un ministre en place puisse se livrer à des études, et à des méditations; c'est à ceux que le sentiment de leurs forces, que la conscience de leurs talents, qu'un dévouement éclairé appellent ou appelleront au ministère, chacun suivant les dispositions de son esprit et la nature de son talent, à méditer d'avance les améliorations qu'ils croyent possibles ou nécessaires, à s'armer à l'avance de cette impassibilité qui fait tête aux clameurs, de cette force d'esprit et de caractère qui distingue essentiellement l'homme fort, et qui, lorsqu'il a obtenu et reçu de sa conscience des inspirations heureuses, et de son esprit d'observation, des conseils et des lumières positives, à exécuter le bien qu'il se propose en dépit des résistances qu'il rencontrera dans la bureaucratie, à braver tous les obstacles, en faisant taire la médiocrité présomptueuse, et en imposant silence à toutes ces cabales, qui se liguent pour perpétuer les abus, et les défendre comme une propriété acquise.

Il est une vérité de fait et d'expérience, c'est que tout ministre qui, dans les trois premiers mois de son ministère, n'aura pas effectué les améliorations et les changemens qu'il se proposait, n'en effectuera aucun, *fut-il* 20 *ans ministre*. C'est un valétudinaire, qui traîne sa faible complexion, et se borne à ne pas empirer son état.

Si ensuite on ajoute à ces obstacles réels et presqu'insurmontables, qui dérivent de la nature des choses et de l'essence des bureaux, la situation politique des ministres, non pas seulement durant la discussion du budget, mais pour se préparer ou se défendre contre les attaques qui leur font livrées, on pourrait les plaindre, si le pouvoir ne portait pas avec lui quelques consolations, car ils sont réellement devant une cour d'assises, durant les sessions.

Or comment avec une pareille contention d'esprit, un ministre en place peut-il faire autre chose que de *rêver* le bien?

Mais je reviens à votre brochure, M^r, ou plutôt à vos alarmes sur les pertes du commerce, sur ses intérêts blessés ou compromis; mais est-ce au milieu des guerres intestines, lorsque toutes les communications sont rompues, quand toutes les routes sont interceptées., quand tous les liens de voisinage, et ces rapports de peuple à peuple n'existent plus, que le commerce peut hasarder quelques spéculations, former quelques entreprises? et c'est précisément pour rétablir tous ces avantages, que la guerre d'intervention est devenue nécessaire. Demandez en effet à la Bretagne, quel était le principal débouché de ses toiles, à une partie des provinces du Languedoc, où se transportaient leurs draps, demandez aux villes manufacturières de Lyon, de Nismes et d'Avignon, à qui elles expédiaient leurs soieries, leurs rubans, leurs étoffes, interrogez toutes les industries, et toutes vous répondront : *l'Espagne nous tenait lieu de colonies.*

Or, M^r, est-ce au milieu des agitations et des troubles civils, que tous les bienfaits de notre situation vicinale peuvent se conserver? Et comment les obtenir autrement que par la paix? Sans doute les guerres ont des inconvéniens et des chances; qui le conteste? Mais la France éprouve-t-elle en ce moment des pertes si réelles? Les préparatifs même de cette guerre n'ont-ils pas rendu quelque valeur à nos produits agricoles? Les grains,, les fourragès, les liquides, les bestiaux, les chevaux, les cuirs, les draps, le fer, la coutellerie, tous les besoins en un mot d'une armée qui entre en campagne, n'ont-ils pas déjà fait circuler des sommes immenses? Et le commerce de Paris n'a-t-il pas déjà profité de plusieurs millions?

Quelques denrées coloniales, ou plutôt le sucre, a éprouvé une hausse momentanée, mais à qui cette hausse a-t-elle profitée? à ces hommes cupides et ambitieux, qui répandent des larmes hypocrites sur les calamités qu'ils font naître, qui présagent les malheurs qu'ils désirent, et qui ne redoutent que nos succès. Aussi tous ces gémissemens étaient-ils prévus d'avance, et il est notoire que toutes ces pétitions mendiées, ne sont autre chose que l'ouvrage de ces esprits faux et remuans, qui voudraient bouleverser leur patrie pour arriver au pouvoir, après avoir détrôné la légitimité.

Ils n'y parviendront pas, M^r; la cause des Rois est devenue celle des peuples, et vous ne recueillerez d'autre gloire de votre désertion, de votre apostasie, que le mépris et la haine de tous les partis.

Quelle que soit, au surplus, votre opinion, si elle est telle que vous la professez, vous aurez commis une **hérésie** dans la doctrine monarchique, et une double erreur matérielle, soit que vous considériez l'intervention de la France comme attentatoire au droit de l'indépendance d'une nation, soit que vous l'envisagiez sous le rapport de nos intérêts commerciaux et industriels avec l'Espagne.

La guerre est non seulement juste sous le premier rapport, parce que le premier des besoins d'un peuple est sa conservation, et le devoir de son chef, de son roi, est non-seulement de la lui assurer, et de le préserver des insultes, des offenses, ou des maux d'une contagion morale, bien plus funeste que ceux de la fièvre jaune, puisqu'on peut s'en préserver, ou en atténuer les dangers ou l'influence; mais cette guerre d'intervention est encore nécessaire sous le rapport commercial, et certes le roi de France obéit à un devoir sacré, remplit une obligation légitime, en prenant les armes pour maintenir la dignité de sa couronne et la sécurité de ses peuples; et la paix, qui sera en définitive l'heureux terme de cette noble intervention, lui attirera la reconnaissance , non pas seulement des deux nations, mais celle de l'Europe entière, dont elle fera cesser les anxiétés, et assurera le repos.

Je suis, etc.

Paris, ce 5o Mars 1823.